Ingrid J. Poljak
Alles Theater

tredition®

Ingrid J. Poljak lebt und schreibt in Wien.

Im Alter von 13 Jahren entdeckte sie auf einem Dachboden das Buch "Der Geisterseher" von Friedrich Schiller/Hanns Heinz Ewers, es wurde zu ihrem langjährigen Kultbuch. Gleichzeitig begann sie in Ermanglung von anderen Büchern, die ihr gefallen hätten, selbst Romane zu schreiben.

Nach dem Studium an der TU Wien war sie viele Jahre als Architektin und nebenberuflich als Grafikerin tätig. Während dieser Zeit kam sie nur sporadisch zum Schreiben, einige Romane und Romanfragmente blieben liegen. Seit sie vor einigen Jahren den Beruf aufgegeben hat, widmet sie sich ganz dem Schreiben. Sie verfasst hauptsächlich Krimis, Thriller und mysteriöse Kurzgeschichten.

Veröffentlichungen:

„**Bildermord**", ein Salzburger Festspiel-Krimi (Künstlerkrimi), Berenkamp-Verlag, 2012

„**Auch Mord ist (k)eine Kunst**", ein eBook mit Kurzkrimis, Verlag Stories & Friends, 2014

„**Die Hände des Doktor Kinich**", sechs unheimliche Geschichten, tredition, 2014

Homepage der Autorin: www.ingrid-j-poljak.com

Ingrid J. Poljak

ALLES THEATER

Sieben seltsame Geschichten

Bibliografische Information der Deutschen Nationalbibliothek:
Die Deutsche Nationalbibliothek verzeichnet diese Publikation in der Deutschen Nationalbibliografie; detaillierte bibliografische Daten sind im Internet über http://dnb.d-nb.de abrufbar.

Inhalt

Wo ist Rambert?

Eine alte Dame, die ich von Theaterbesuchen her kannte, vermittelte mir zwei Karten für die letzte Vorstellung des Stückes in dieser Saison, Plätze in der Proszeniumsloge. Da ich - wie ich damals dachte - Monsieur Rambert ganz gut kannte und ihn seines offenes Blickes und seiner aufrechten Haltung wegen schätzte, lud ich ihn ein.

Wir gingen also ins Theater, Rambert und ich.

Er trug eine schwarze Samtjacke ohne Kragen, ohne Revers, und darunter ein rotes seidenes Hemd mit lässig offenem Stehbündchen. Keine Krawatte. An ihm blieben weit mehr Augenpaare hängen als an meiner eher bescheidenen Erscheinung. Aber ich glaube nicht, dass ihn tatsächlich jemand erkannte, den großen Regisseur und Theoretiker, manchmal auch Schauspieler. Denn er verfügt über die Gabe, zu jedem Zeitpunkt und an jedem Ort anders auszusehen.

Noch weniger ahnten die Leute natürlich, dass ich der Autor dieses Stückes war. Ich hatte es unter einem Pseudonym geschrieben, davon abgesehen kannte mich sowieso niemand.

Monsieur Rambert. Ich träumte davon, ihn von dem Stück beeindruckt zu sehen. Der Strom der Besucher schob uns der Stiege zu den Logen näher. Ich schwankte, blickte zu Boden, aber ich ertastete die erste Stufe eher mit den Füßen, als dass ich sie mit den Augen erkannte. Rambert ging neben mir. Ich nahm das leise Knistern seines Anzugs wahr und den nicht unangenehmen Geruch nach Minze, der an ihm haftete.

Aber als ich endlich auf sicheren Beinen die Treppe höher stieg und Rambert zulächeln wollte, da war er – verschwunden.

Die Leute hinter mir drängten nach. Ich rettete mich zur Seite hin an den Rand der Stiege, griff nach dem Geländer, um nicht das Gleichgewicht zu verlieren. Suchend blickte ich mich um, doch Rambert konnte ich in der Menge nicht finden.

Rambert war bestimmt keiner, der heimlich davonschlich, der Ausflüchte suchte, wenn er eine Sache überdacht hatte. Er war einer, der ja oder nein sagte. Und er stand im Ruf, konsequent den eingeschlagenen Weg zu gehen ...

Der Gong rief die Besucher in den Saal. Während ich weiterging, hielt ich immer noch nach Rambert Ausschau. Die Loge war leicht zu finden, und es gab im ganzen Theater wohl keine besseren Plätze für meinen Zweck als diese. Auch wenn wir nicht gemeinsam hineingingen, würde Rambert kommen. Die Logentür würde sich öffnen und er würde lautlos neben mir Platz nehmen. Vielleicht kam er mit zwei Gläsern Sekt.

Der Gong ertönte ein zweites Mal. Das Gemurmel im Saal verstummte und das Kratzen und Knarren der Stühle in den Logen verebbte. Rambert kam nicht. Er kam auch nicht, als das Licht langsam erlosch und der Vorhang sich hob und den Blick auf eine dunkle Bühne freigab. Er war damit einverstanden gewesen, sich mit mir das Stück anzuschauen. Er hatte mir gegenüber beteuert, er wollte die Inszenierung kennenlernen, den Ablauf, die Wirkung aufs Publikum, er wolle mehr darüber erfahren als nur den Text, den er längst kannte.

Die Scheinwerfer leuchteten langsam auf und ließen vor einem schwarzen, unbestimmten Hintergrund die Dinge auf der Bühne sichtbar werden. Ein stählernes Gerüst ragte hoch auf, ein Baugerüst, mit Rohrschellen zusammengehalten, quer gelegte Bretter dienten als Podien. Über eiserne Sprossen konnte man von einem Podium zu anderen klettern, bis ganz hinauf auf eine oberste Plattform. Und überall - fürs Publikum vorerst nur schemenhaft sichtbar - hockten schlanke, schwarze Gestalten auf den Streben, den Sprossen, den Podien. Eine Bühne auf der Bühne, und darunter und davor - noch in Dunkelheit gehüllt - stand und saß das Volk, das Publikum, in mausgrauen Anzügen. Theater im Theater: ein alter Hut. Der Regisseur brachte im Großen und Ganzen meine Ideen auf die Bühne, wie wir sie in den Vorgesprächen diskutiert hatten, aber auch Rambert sollte sie kennenlernen.

Vielleicht war Rambert übel geworden ... Aber ich verwarf diesen Gedanken gleich wieder: Rambert war als zäher Bursche bekannt, als echter Profi, den nichts vom Besuch eines Theaterstücks abhalten konnte.

Auf die erste Szene hätte Rambert verzichten können, da kam Fuerzli noch nicht vor, aber in der zweiten Szene, da löst sich dieser Rattenfänger das erste Mal aus der Menge, tritt ans Licht, hockt sich auf den Souffleurkasten und beginnt sein faszinierendes Flötenspiel. Der Schauspieler tut natürlich nur so, als spiele er, in Wahrheit spielt hinter der Bühne ein echter Flötist. Ich wusste, Rambert hätte das nicht gutgeheißen, Rambert war ein Feind alles Scheinbaren, aber Rambert war nicht da. Und gerade heute schien es, als wäre es tatsächlich der Darsteller des Fuerzli selbst, der seiner Flöte die Töne entlockte, gerade heute schien es, als erzitterten seine Wangen tatsächlich unter dem Druck, der seinen Lungen entströmte. Als glänzten schon jetzt in der zweiten Szene Schweißperlen auf seinem geschminkten Gesicht. Auch die Menge, die ihm lauschte, die Statisten, das Volk auf der Bühne, das Volk im Saal, alle schienen weit mehr gebannt von den sanften, verführerischen Tönen als bei den vergangenen Vorstellungen, zugleich auch nervöser. Das Publikum hielt den Atem an.

Fuerzli erhob sich, atmete tief und kroch aufs erste Podium, wo er sich im Schatten wie erschöpft an die senkrechten Streben des Gerüstes lehnte. Die Handlung ging weiter, Burschen und Mädchen tanzten ums Gerüst, teilten sich in zwei Gruppen, die einen streuten Blumen, schmückten die große, jetzt im Licht erstrahlende Plattform für die Hochzeit, die dort oben stattfinden sollte, die anderen zogen sich in den Schatten zurück und umlagerten Fuerzli. Monsieur Rambert kam noch immer nicht.

Genaugenommen ist das ganze Stück banal. Ich erinnere mich noch heute an den jugendlichen Überschwang, mit dem ich daran schrieb. Jetzt, bevor ich daranging, das Stück für ein anderes Theater zu bearbeiten, wollte ich auf die Ratschläge des Theatergenies Rambert nicht verzichten.

Es folgte Szene auf Szene, und das Interesse der Braut an ihrem Bräutigam nahm ab, je mehr ihr Interesse an Fuerzli, dem Rattenfänger, zunahm, und schließlich stieg Fuerzli, der nur als Unterhalter auf der Hochzeit hätte auftreten sollen, unter dem Jubel der Hochzeitsgäste mit der Braut auf die große Plattform. Noch höher, auf schwankendem Brett, stand jetzt nur mehr der Priester, ein wabbelnder Koloss in weitem Mantel, in Wahrheit ein dünner Mensch mit ausgestopftem Bauch und aufgepicktem Doppelkinn. Gleich nach der Trauung zerrte Fuerzli den Armen herunter, griff wieder nach der Flöte und sprang selber hinauf. Hockte sich hin, kreuzte die Beine, und spielte. Spielte wie ein Besessener. Noch nie war es so schnell, so radikal geschehen. Die Gäste zögerten, das Volk vergaß zu murmeln, die Souffleuse, eingezwängt in ihrem Kasten, ruderte mit den Armen, und ich wusste plötzlich, dass Rambert da oben hockte.

Die Klänge der Flöte ließen alle Münder offenstehen.

Ich kannte mein Stück, und ich glaubte Rambert zu kennen. Wenn er es war, der da oben spielte, dann spielte er zu Ende...

Ich versuchte, ihn zu identifizieren. Rambert trug die braunen Haare lang, Fuerzlis Haar da drüben auf dem Gerüst war kurz und schwarz - es war die Perücke, die Fuerzli jedesmal trug. Ramberts schwarzer Anzug? Auch Fuerzlis Anzug war schwarz, schwarz wie viele Anzüge in diesem Theater. Aber manchmal, wenn Fuerzli während des Flötenspieles den Kopf hob, da leuchtete der

Hemdkragen rot hervor. Zufall. Oder aber Ramberts Absicht schon, bevor wir uns vor dem Theater getroffen hatten. Und Ramberts Gesicht? Ich kannte es von Lachfalten überzogen und voll winziger Narben. Fuerzlis Gesicht war weiß geschminkt, sodass man nichts erkennen konnte. Wenn er es nun wirklich war, wenn er zu Ende spielte ... bis zum tödlichen Ende ...

Ich wandte den Blick von der Bühne, ich schaute ins Publikum. Vielleicht fand ich Rambert irgendwo anders: im Parkett, auf einem Platz, der vor kurzem noch leer war. Vielleicht hinten, neben dem Platzanweiser an einer Tür lehnend; vielleicht auch im Hintergrund einer Loge, die ihm besser zusagte.

Aber dann breitete Fuerzli die Arme aus und blickte triumphierend in die Runde, seine Augen glänzten und strahlten, und das Publikum tobte vor Begeisterung. Noch nie zuvor hatte Fuerzli so ergreifende Töne gespielt. Ich aber erkannte Ramberts Bewegungen und wusste, dass es Ramberts Haftschalen waren, die da in seinen Augen so glänzten. Der Applaus wollte kein Ende nehmen, und erst als Fuerzli nochmals die Arme hob, beschwichtigend jetzt, und als er sich räusperte und anfing zu sprechen, da wurde es still im Theater. Er sprach mit seiner weichen, tiefen Stimme - wenn ich bis jetzt noch den leisesten Zweifel daran gehabt hätte: die samtenen Worte, die von seinen Lippen kamen, hätten mich überzeugt. Es war Rambert.

Die Gäste, das Volk, das Publikum, alle hingen an seinem Mund. Es war nicht der Inhalt der Worte, der sie alle fesselte. Der Inhalt war niederträchtig. Es war der

Klang der Worte, dem sie lauschten. Rambert sprach langsam, er formte jeden Buchstaben zu einem Zauberton, jedes Wort zu einem betörenden Klang. Jeder Satz schien wie eine nie gehörte Melodie. Als strömte ein später, tiefer Nachhall der Flöte aus dem Gewölbe der Welt. Die Leute begriffen nicht, was er sagte. Sie lauschten. Das Publikum im Saal, das Volk auf der Bühne, in den hintersten Logen, zu Füßen des Gerüstes, zwischen den Kulissen, überall das gleiche Staunen. Ein einziger offener Mund, ein einziges Ohr.

Und dann Jubel. Applaus, bis die Hände schmerzten.

Fuerzlis Triumph im Scheinwerferlicht.

Und dann kam der Schwenk. Ich wusste, wie es ablief. Mit der gleichen Intensität wie die Scheinwerfer im hintersten, obersten Winkel des Saales erloschen, begannen jene versteckten, zerstörerischen Lampen die Bühne von der Seite her zu beleuchten. Jenes grünliche tödliche Licht, das ein Lächeln in ein infames Grinsen verwandelt, das Gesicht eines Jungen in den Schädel eines verwesenden Toten. Es begann die gute Arbeit der Beleuchter.

Das letzte Händeklatschen wurde von Rufen hinweggefegt. Von Buh-Rufen. Nach meinen Regieanweisungen hätten die ersten Protestrufe von der Bühne her ertönen sollen. Diesmal kamen die ersten aus dem Publikum, aus dem echten Publikum, nicht aus dem, welches sich am Fuße des Gerüstes drängte. Und als wollte es sein Recht fordern, stimmte daraufhin das Volk auf der Bühne lauter als sonst in den Protest ein. Lauter, erboster, drohender. Die Tänzer und Statisten erhoben die Fäuste, griffen nach den eisernen Streben, rüttelten und zerrten daran. Brüllten und kläfften. Fuerzli da oben auf der Plattform - für mich war es Rambert - Fuerzli da oben mit seinem furchterregenden, verzerrten Gesicht schrie etwas Obszönes, aber es blieb unverständlich; er könnte genausogut schallend gelacht haben. Der Priester und der verschmähte Bräutigam tauchten wieder aus der Dunkelheit auf, kletterten aufs Gerüst, halb emporgehoben von der geifernden Menge. Der Bräutigam griff weit aus, zog sich mit hastigen Klimmzügen empor, der Priester mühte sich umständlich und kämpfte mit seinem weiten Gewand, was mich nicht wunderte, schleppte er doch - wie ich wusste - unter dem Umhang eine große Puppe mit sich, die aussah wie Fuerzli oder das, was die Beleuchter soeben aus ihm machten. Der Schädel eines Ungeheuers, die Wangen eingefallen, das Affenmaul weit vorgeschoben und aufgerissen. Schlenkernde Glieder. Was dann geschehen würde... ich fürchtete plötzlich, es könnte nicht geschehen, oder vielmehr, es könnte anders geschehen als wohl zwanzigmal geprobt. Angst erfasste mich plötzlich um Rambert, um den echten Rambert, nicht um Fuerzli, den ich selbst vor langer Zeit diesem Tod geweiht hatte.

Als aus der Dunkelheit über der Bühne die Schlinge herunterfiel und über Fuerzlis Kopf hin- und herschwang, da tobte die Menge. Das Gerüst war umstellt, die Tänzer, die Statisten, alle ballten die Fäuste, trommelten auf die Bretter, rüttelten am Gestänge und schrien. Das Tosen auf der Bühne und das Tosen im Saal waren eins. Fuerzli hätte nicht mehr entkommen können.

Der Priester breitete weit den Mantel aus, als wollte er das Ritual, das jetzt folgte, vor profanen Augen verbergen.

Erst als die Puppe am Seil hing und die Henker die Bühne auf der Bühne verließen, der Bräutigam mit ratlosem Gesicht in der Menge Hilfe suchend, der Priester, behäbig, zufrieden und ausgefressen für zwei, mit Fuerzli unterm Mantel, als sie endlich untertauchten im Volk, ergriffen, getröstet, geküsst und verschluckt, als das Licht wieder milde und gnädig wurde, da verebbte das Gebrüll im Saal.

Ich konnte nicht applaudieren am Ende der Vorstellung. Der Mann, der auf der Bühne in Fuerzlis Maske und in Fuerzlis rotem Hemd lächelnd die Ovationen entgegennahm, war nicht Rambert. Ich hätte schreien können, auf die Bühne springen, aber es war zu spät, denn nur langsam überkam mich die Gewissheit, dass die Puppe am Seil keine Puppe gewesen war.

Ein Platzanweiser holte mich schließlich und führte mich die Stiegen hinunter ins Foyer, wo die kleine, weißhaarige Dame auf mich zutrat. Sie ergriff ohne Zögern meine Hand und flüsterte: "Warten Sie auf ihn. Er kommt bald."

Ich habe mein Stück nicht mehr bearbeitet und ich habe es nie mehr aufführen lassen. Aber mit Rambert, der damals wirklich bald kam - das rote Stehbündchen verbarg seinen Hals - verbindet mich seitdem eine schweigsame, heilige Freundschaft.

Das Geheimnis

Ein Paket, ein ganz unauffälliges Paket, eingeschlagen in gewöhnliches, braunes Packpapier und verschnürt mit ganz gewöhnlichem Spagat. Es unterschied sich in nichts von den Tausenden anderen Paketen, die die Postboten Tag für Tag austragen. Niemand hätte vermutet, dass es gerade mit diesem einen Paket eine besondere Bewandtnis hatte...

Er war krank und war deshalb zu Hause geblieben, er musste also nicht wie sonst, wenn er ein Paket bekam, am Freitag nachmittags mit dem Zettel aufs Postamt hetzen. Im Schlafrock öffnete er dem Briefträger und nahm das Paket in Empfang. Er dachte an seine Verwandten in Sankt Pölten, aber von denen schickte ihm nie einer ein Paket. Er dachte auch daran, dass er vielleicht in letzter Zeit etwas in einem Versandhaus bestellt und darauf vergessen haben könnte.

Schon unterwegs in die Küche, wo er das Paket öffnen wollte, drehte er es in den Händen herum und suchte nach dem Absender. Die Post nimmt nur Pakete mit Absender, wusste er, auch wenn der Absender falsch ist. Er fand ihn schließlich, ganz klein mit Kugelschreiber in die obere Ecke gekritzelt.

"M. Bordermann, Himmelssteg 7, Sankt Pölten."

Er kannte keinen Bordermann in Sankt Pölten.

Mit der Küchenschere zerschnitt er Schnur und Packpapier und warf den Abfall auf den Tisch. Ein weißes Paket kam zum Vorschein. Eines ohne Schnur, das weiße Packpapier von Klebestreifen zusammengehalten. Nirgends ein Hinweis auf den Inhalt, kein Brief, kein Lieferschein, kein Etikett. Er klopfte mit dem Fingerknöchel gegen das Paket: es klang, als wäre in dem weißen Papier eine hölzerne Kiste eingewickelt. Er schüttelte das Paket: vielleicht verriet sich auch der Inhalt durch irgendein Geräusch.

Bordermann...? Er konnte sich wirklich nicht erinnern.

Er riss das weiße Papier herunter. Der Inhalt entpuppte sich tatsächlich als hölzerner Kasten, äußerlich ähnlich diesen alten Karteikästen, nur ohne Handgriff aus Messing und ohne Schildchen.

Beim besten Willen erinnerte er sich an keinen Bordermann.

Zögernd suchte er den Verschluss an dem Kasten. Er entdeckte den feinen Spalt, der den Deckel vom Unterteil trennte. Auch Scharniere entdeckte er. Er schob schließlich ein Messer in den Spalt, drehte es leicht, und der Deckel sprang auf. Darunter fand er Seidenpapier.

Er wühlte darin und stieß auf eine Dose aus Blech, bunt bemalt wie eine japanische Teedose, nur von anderer, von flacherer Form. Er nahm sie heraus, betrachtete auch sie von allen Seiten, bewegte sie hin und her, roch daran. Er nahm keinen Geruch wahr, aber das lag vielleicht an seiner Erkältung.

Wen kannte er noch in Sankt Pölten?

Er horchte an der Dose. Es war keine Bombe darin, jedenfalls keine, die tickte. Er hatte bestimmt niemandem derart Böses angetan, dass der sich auf diese Art rächen wollte.

Die beiden Teile der Dose waren nur zusammengesteckt, er konnte sie öffnen, indem er sie einfach auseinanderzog. Er entnahm ihr ein Ding aus Leder.

Vor ihm auf dem Tisch türmten sich braune und weiße Papierfetzen, zusammengeknülltes Seidenpapier, ein Holzkasten, eine Blechdose, und in der Hand hielt er ein ledernes Etui, das mit Mustern und Nähten verziert war. Er stand auf und holte seine Brille aus dem Schlafzimmer.

Kannte er jemanden in Sankt Pölten, dessen Vorname mit "M" begann? Einen Michael, einen Manfred? Der Absender konnte auch falsch sein...

Martha! Vielleicht war sie jetzt, drei Jahre nach der Scheidung, wieder verheiratet ... Aber es war nie ihre Art gewesen, ihn zu überraschen. Außerdem lebte sie jetzt in Salzburg, soviel er wusste.

Die Lederhülle ließ sich genauso leicht öffnen wie die Dose. Nur eine Lasche brauchte er herauszuziehen. Man verpackt keine Bomben in feinem Leder. Das Etwas, das er herausnahm, war in Seide eingeschlagen, und die Seide glitt wie von selbst auseinander, gab den Blick frei auf das Nächste.

Das Letzte?

Es war ein Buch, ein Büchlein nur, halb so groß wie ein gewöhnliches Taschenbuch; es war in Leinen gebunden und der Titel war in Goldbuchstaben geprägt.

"Das Geheimnis".

Er schob sich die Brille zurecht, öffnete mit zittern-
den Fingern das Büchlein, suchte nach einem Zeichen,
nach einem losen Stück Papier, nach irgendetwas. Nichts
war darin mehr verborgen, nichts fiel heraus. Er fand
auch den Namen des Autors nirgends verzeichnet. Kein
"M. Bordermann".

Er blätterte dorthin, wo der Text begann, und las:

"Ein Paket, ein ganz unauffälliges Paket, eingeschlagen in gewöhnliches, braunes Packpapier und verschnürt
mit ganz gewöhnlichem Spagat. Es unterschied sich in
nichts von den Tausenden anderen Paketen, die die Postboten Tag für Tag austragen ..."

Die Reise zum Gipfel des Berges Azalom

Ich weiß nicht, ob das Klopfen mich geweckt hatte oder ob ich schon wach gewesen war, bevor es klopfte. Ich war nur erstaunt, nicht das Summen des Weckers zu hören. Ich staunte, als ich mich aufrichtete, auch über das Moskitonetz, das mein Bett einhüllte, und über den Streifen Sonnenlicht an der Wand. Zu Hause fielen die Strahlen der Morgensonne auf den Schreibtisch, den es hier nicht gab.

Es klopfte lauter.

Mir fiel ein, dass der Besitzer des Hotels am Tag zuvor versprochen hatte, einen Führer für mich aufzutreiben. Obwohl er meine Absicht, den Gipfel des Berges Azalom zu erreichen, für idiotisch hielt. Nicht einmal an die Flanken des Berges würde ich herankommen, unerfahren, mit den Gefahren des Weges nicht vertraut und ungläubig, wie ich war.

Ich zog mich rasch an und öffnete. Draußen stand ein großer Mann in der bunten Landestracht, schwarzhaarig, bärtig, mit glitzernden Ringen an Fingern und Ohren. Vertrauend in die Achtsamkeit des Wirtes ließ ich den Fremden eintreten. Er entblößte sein weißes, kräftiges Gebiss und lachte. Er stellte sich als Elim der Wanderer vor, und er sagte, er kenne die Gegend um den Berg Azalom. Ich war verblüfft: keine ausholenden, wilden Gesten, kein unverständliches Kauderwelsch. Er sprach fließend meine Sprache, klar und deutlich, fast ohne Akzent! Er sei am Fuße des Berges Azalom geboren. Er werde mich hinbringen und wieder zurück, wenn ich dann noch zurückkehren wolle.

Ich war glücklich und machte mich reisefertig. Ich hatte den Berg vom Flugzeug aus gesehen, ich hatte von den Legenden, die sich um ihn rankten, gehört, gelesen, hatte sie regelrecht studiert. Ich war begierig, die Landschaft zu entdecken, die wohl das Ihre zum Entstehen dieser Geschichten beigetragen hatte. Von der Terrasse des Hotels sah man nur die Hügel davor; die Steinwüste und der ferne Gipfel verbargen sich hinter einem grün wuchernden Horizont.

Elim der Wanderer wartete mit drei Pferden. Ein falbes, gehorsames Pferd für mich, ein braunes mit kräftigen Beinen fürs Gepäck, er selbst saß auf einem weißen, das wild herumwirbelte, als wir den Weg zum Berg Azalom aufnahmen. Ich hatte schon vor Tagen eine Landkarte besorgt, auf der die Straße, die am Fuß des Berges vorbeiführte, eingezeichnet war, aber Elim lachte nur, als er sie sah.

Am späten Nachmittag erreichten wir die Höhe der Hügelkette, welche die Stadt wie ein schützender Ring umgab, und Elim führte mich auf einen Gipfel, der aus dem Wald emporragte, und zeigte mir, was vor uns lag: ein weites, steiniges, von Klippen und Schluchten durchzogenes Land, bewachsen nur mit kargen Gräsern und einzelnen dürren Sträuchern, die sich zwischen Felsbrocken festklammerten. Am Horizont ragte der Berg Azalom gegen den Himmel.

"Drei Tage," sagte Elim. Nur morgens und abends würden wir jeweils drei Stunden reiten, tagsüber würden wir im Schatten von Felsen Schutz vor der Hitze suchen. Ich war froh über diese Einteilung, ich bin bis heute kein guter Reiter. Eigentlich hatte ich ja gehofft, ich würde den Weg im Geländewagen zurücklegen, aber über diesen Gedanken hätte Elim bestimmt genauso gelacht wie über die Landkarte.

Vor Sonnenaufgang brachen wir unser Lager am Rande der Hügelkette ab und drangen in das Land vor, das ich nur in Gedanken schon oft durchstreift hatte. Elim ritt voran. Nur wo der Weg breit genug war, drängte ich mein Pferd neben seines, oder besser: ließ er zu, dass ich neben ihm ritt. Er beobachtete mich manchmal aus den Augenwinkeln und lächelte. Er lächelte auch, wenn ich das Fernglas ans Gesicht hob, um mich auf diese Art dem Gipfel des Azalom zu nähern.

Er war nicht sehr gesprächig, auch nicht, wenn wir rasteten. Er sorgte dafür, dass ich mich ausruhen konnte, dass ich genug aß und trank, aber er selbst schien mit weit weniger auszukommen. Er hockte, eingehüllt in seine bunten Kleider, auf einem Stein und schnitt sich kleine Stücke von einem Apfel.

"Ist es wahr, Elim, dass die Götter auf diesem Berg gekämpft haben?"

"Die Götter?"

"Der Gott des Lichtes hat den Gott der Finsternis besiegt, indem er ihn einfach über die Westwand des Berges hinunterstürzte. So hab ich 's gelesen."

"Der Gott des Lichtes stürzt Arim jeden Morgen hinunter und jeden Abend lässt er ihn wieder hinauf."

Es kam darauf an, wie man die Geschichten deutete, und Elims Deutung überraschte mich. Ich fragte ihn nicht weiter. Ich legte mich auf die Decken, die er für mich ausgebreitet hatte und schloss die Augen. Dass ich ihm vertraute, war von Anfang an klar. Dass ich ihm auf Gedeih und Verderb ausgeliefert war, kam mir erst jetzt zu Bewusstsein. Er trug ein Gewehr, von dem er sich nie trennte.

Es war mir, als säße ich an meinem Schreibtisch. Als erfände ich eine phantastische Geschichte. Ich tippte den Anfang aufs Papier. Das ist immer der erste Schritt, wenn sich das Ende einer neuen Geschichte in meinem Kopf zusammengebraut hat. Ich beginne zu schreiben, wenn ich das Ende kenne. Oder zu kennen glaube. Wenn mir das Ziel vor Augen steht wie jener Berg da drüben. Das Schreiben ist eine Landschaft, durch die ich mich kämpfe. Ich habe sie überflogen, ich weiß, dass es eine steinige Wüste oder ein Dschungel ist, voll unwegsamer Pfade, voll Hindernisse, die umso unüberwindlicher scheinen, je näher man ihnen kommt. In den Tälern und Schluchten verliert man das Ziel aus den Augen, irrt weiter, sieht den Gipfel von einer unbekannten Seite und erkennt ihn nicht. Klettert empor, glaubt, auf dem richtigen Weg zu sein; nach der Landkarte müsste es stimmen. Die Sonne sinkt tiefer.

Elim sattelt wieder die Pferde.

Wir ritten gegen Südosten. Wir mussten uns dem Berg von Osten her nähern, der Osthang war flach, wie eine flache Scholle ragte Azalom aus der Wüste. Nach Westen fiel er jäh ab, eine senkrechte Wand, rot aufleuchtend in der untergehenden Sonne, eine Stufe ins Dunkel. Am Abend kroch Arim die Wand hinauf.

Nachts wärmten wir uns am Feuer, das Elim ab und zu schürte. An der Glut, in die er hineinblies und die sich in seinen Augen spiegelte. Über ihn werde ich schreiben, wenn ich zu Hause bin. Nicht über die kalten Götter und Geister, die auf einem fernen Berg einander bekämpft und besiegt haben, sondern über ihn, der sich mein Vertrauen erschleicht wie ein zahmes wildes Tier.

Wir hatten nicht einmal einen Preis vereinbart, bevor wir in der Stadt aufgebrochen waren. Ich würde zahlen, was immer er am Ende der Reise verlangen würde. Ich hatte keine Wahl mehr.

Ich träumte von Arim, der auch keine Wahl mehr hatte.

Am dritten Tag – dem zweiten in der Wüste – kamen wir nur langsam voran. Meine Sitzfläche, meine Schenkel, mein Rücken schmerzten. Der Weg ging stetig bergan. Die Pferde schienen nicht müde, doch sie hatten eine seltsam weiche Gangart eingeschlagen, als wollten sie mich schonen. Vielleicht war es Elim, der mich schonte. Ich wusste längst, dass mein Pferd eher ihm gehorchte als mir. Wir durchritten eine Schlucht, auf deren Grund ein dünnes Rinnsal gluckste. "Das letzte Wasser," sagte Elim und füllte die Flaschen. Am Ende der Schlucht machten wir Halt und warteten im Schatten des Felsens das letzte Drittel des Tages ab.

"Du bist diesen Weg schon oft gegangen, Elim. Auch mit so Verrückten wie mir?"

Er lachte. "Du bist nicht verrückt, nur neugierig. Wie Arim, der wissen wollte, ob er dem Gott des Lichtes ebenbürtig war."

"Ich dachte, du glaubst nicht an diese Geschichten."

"Ich lebe mit ihnen."

"Und von ihnen..." Ich glaubte, ich konnte endlich das Thema unauffällig auf die Bezahlung bringen.

"Wer von uns beiden ist denn der Schreiberling? Ich oder du?"

"Ich lebe von Geschichten, die ich selber erfinde."

"Und an die du trotzdem nicht glaubst?"

Der Vorwurf gefiel mir nicht. Elim war mein Führer durch dieses Stück Land, sonst nichts. Wir hätten vorher verhandeln und den Preis und die Grenzen festsetzen sollen. Ich gab ihm keine Antwort.

Ich legte mich zurück und wartete. Gestern hatte ich einen Teil der langen Mittagspause wenigstens verschlafen können, heute war ich zu müde dazu. Die Glieder schmerzten.

Elim stand abseits, ein paar Schritte außerhalb des Schattens, regungslos, als wäre er selbst ein Felsen. Er ließ sich die Sonne auf Gesicht und Handrücken brennen. Als sein Schatten doppelt so lang war wie er selbst, befahl er den Aufbruch. Drei Stunden würden wir wieder reiten, bis die Sonne hinterm Horizont versunken sein würde. Wieviele Tage noch, Elim?

"Bis morgen abends," sagte er und griff nach meinen Zügeln.

Wir flogen dahin, und unter uns, links von uns flogen unsere Schatten über den Boden. Wir ritten südwärts. Die Schatten verließen uns, obwohl die Sonne noch schien. Die Schatten flohen, scherten nach Osten aus, rasten weit entfernt von uns über die Wüste. Kehrten nicht mehr zurück, berührten nicht mehr die Hufe unserer Pferde. Zur Rechten die gelbe Scheibe der Sonne, zur Linken unsere Schatten, über die wir uns hoch erhoben hatten. Vor uns der Berg Azalom. Wir flogen wirklich.

Ein Schuss schreckte mich auf.

Das Pferd, der Falbe, hob kurz den Kopf vom Boden und streckte ihn wieder hin. Langsam und für immer.

"Bist du in Ordnung?"

Ich vermutete nur, was geschehen war. Das Pferd war unter mir weggesackt, das wusste ich. Ich flog weiter, über den Kopf des Pferdes hinweg, ich überschlug mich, prallte gegen irgendetwas, rollte weiter, blieb hängen. Elim stand vor mir mit dem Gewehr.

Ich dachte plötzlich, er würde auch mich erschießen, wenn ich ein Bein gebrochen hätte. Mich erschießen und ausplündern. Die Sonne versank hinterm Horizont und ich versuchte aufzustehen. Die Zweige, nach denen ich griff, wichen aus. Sie bewegten sich trügerisch, wenn ich mich bewegte, aber sie gaben mich nicht frei. Ich konnte nicht feststellen, ob ich "in Ordnung" war.

Elims Zähne blitzten in der Dunkelheit. Er holte Handschuhe aus den Falten seiner Kleider hervor und ein Messer. Er zog die Handschuhe über, griff in die Dornen und schnitt mich aus den Ranken heraus. Er lachte.

Ich fror, als ich mich nackt auszog und er mich verarztete. Ich hatte dabei noch die Aufgabe zu erfüllen, mit der Lampe auf die Dornen, die in mir steckten, hinzuleuchten, damit er sie anfassen und herausziehen konnte. Es war mir klar, dass ich jetzt auch noch das Pferd zu bezahlen hatte, also beschloss ich, erst am Ende unserer Reise wieder über die Bezahlung zu reden.

Die wenigen Stunden dieser Nacht schlief ich ausgesprochen gut. Was Elim mir auf die Wunden gestrichen hatte, beruhigte offensichtlich auch meine Glieder und meinen Kopf.

Ohne irgendeine Bemerkung über das tote Pferd, ohne den geringsten Vorwurf sattelte Elim am Morgen das Packpferd für mich. Ein paar unnütz gewordene Dinge – wie den Packsattel, den Kochtopf und meine Landkarte – verstaute er in einer Felsspalte, die er dann mit Steinen bedeckte. Bevor wir aufbrachen, hielt er kurz inne.

"Was glaubst du, da oben auf dem Berg zu entdecken?"

Ich wusste es nicht, nicht mehr jedenfalls, vielleicht hatte ich es auch nie gewusst. Die Wahrheit über den Gott des Lichtes und den Gott der Finsternis. Ich zog die Schultern hoch und Elim schwang sich aufs Pferd und trieb es voran durchs Geröll.

Die Ostflanke des Berges. Von weitem hatte sie flach ausgesehen, ohne viel Steigung und ohne Hindernisse. Auch vom Flugzeug aus sah man nur einen sanften Hang, sah vom Wind geglättetes Gestein, von Flechten bedeckte Mulden. Nur kleine Risse in der Oberfläche, nur Steinchen, hingestreut vom letzten Sturm. Die Risse

waren jetzt meterbreite Spalten, die kein Pferd über-
wand, die Steinchen so groß wie Häuser. Das Ziel vor
Augen... Was glaubst du zu sehen? Was erwartest du?
Überall in der Welt hättest du einen solchen Berg gefunden, auf der einen Seite flach, auf der anderen steil. Andere vor dir haben sogar Straßen hinauf gebaut.

Die Götter sind auch hier längst tot. Am Himmel
kreisen die Geier.

Auch das Packpferd war ein gutmütiges Tier. Ich
klammerte mich daran fest, am Sattel, an den Gurten, an
der Mähne. Der Braune folgte Elims Schimmel unbeirrt,
ohne dass ich etwas dazu oder dagegen tun konnte. Ich
sah jetzt weder den Gipfel, von dem ich träumte, noch
den Pfad dorthin; ich sah nur Felsen, Geröll, nur die
Ohren und den Nacken meines Pferdes. Alles schwankte.

Ich hatte oft von diesem Berg geträumt. Nicht so sehr
im Schlaf wie im Wachen, wie im Denken, im Fühlen.
Was war wirklich dort oben geschehen? Sie standen
einander gegenüber, der Gott des Lichtes und der Herr
der Finsternis. Es war ein von Anfang an ungleicher
Kampf, von vornherein entschieden, und Arim wusste
es, musste es gewusst haben. Bewog ihn ein trügerischer
Umstand, eine irrsinnige Hoffnung oder Verzweiflung,
es dennoch aufzunehmen mit dem Herrscher des Lichts?
Erfasste ihn eine Art Höhenrausch, ein Schwindelgefühl,
eine unwiderstehliche Anziehungskraft der Tiefe? Ich
musste es erfahren. Ich musste hinunterschauen in jenen
Abgrund, den Arim nicht gefürchtet hatte. Wenn er so
klug und so vollkommen war, wie die Geschichten erzählen, was bewog ihn, den eigenen Untergang herauf-

zubeschwören? Immer wieder träumte ich: auf dem Gipfel des Azalom würde ich es erfahren. Der Fels stand seit Urzeiten, der Wind wehte noch immer ... Nicht irgendein Berg. Nicht irgendein Land, nicht irgendwo. Ich würde in dieselbe Tiefe schauen, dieselbe Luft atmen, dasselbe Flüstern hören, an jenem Ort der Entscheidung. Das Licht würde meine Augen blind machen.

"Wirst auch du über Ormads glorreichen Sieg schreiben wie viele vor dir?"

"Ormad? Ich dachte, der Gott des Lichtes hat keinen Namen."

"Ich nenne ihn so."

Elim trieb sein Pferd wieder an. Die Sonne stand hoch, und noch immer schien er nicht daran zu denken, einen Lagerplatz zu suchen. Der Schimmel stapfte voran und der Braune hinterher. Von den Nüstern und Mäulern der Tiere strömten Dampfwolken.

Wenn wir den Gipfel nicht erreichen würden – vielleicht würde Elim erzählen.

Lange ritten wir noch. Die Hitze schien Elim nichts auszumachen, und als ich kurz anhielt – es war wohl Zufall, dass das Pferd meine Bewegung verstand – da spürte ich, dass die Hitze aus mir selber kam. Unter meiner Jacke klebte das Hemd auf der Haut, aber die Luft war kalt. So kalt, dass ich fröstelnd zu meinem Führer aufschloss. Zweitausend Meter? Seltsam, dass ich mich nicht erinnern konnte, auf der Landkarte die Höhe des Berges gelesen zu haben. Nach Stunden erst saßen wir ab.

Azalom wieder vor Augen, zum Greifen nahe.

"Wir lassen die Pferde hier zurück."

"Zu Fuß weiter? Jetzt noch?"

"Nimm nur den Schlafsack. Wir werden die Nacht auf dem Gipfel verbringen."

Er schnürte den Proviantbeutel und die Wasserflasche mit seinem eigenen Schlafsack zu einem Bündel und hing es sich quer über die Brust, über die eine Schulter. Das Gewehr über die andere.

"Oder hast du Angst?"

"Wovor?" Ich fand meine Gegenfrage besser als jede Antwort, die ich ihm hätte geben können. Hatte Arim Angst gehabt im Augenblick, da er wusste, was geschehen würde? Der Sturz in die Tiefe, der freie Fall. Aufschlagen auf messerscharfen Graten, zerbrechen, zerschmettert werden, sich auflösen, tiefer und tiefer gleiten ohne Halt, versinken im Schlund der Nacht. Und wissen, da unten noch nicht tot zu sein.

Angst vor Elim dem Wanderer? Der seinen Preis nicht nannte? Der mich zurückbringen würde, wenn ich wollte? Der mich erschießen würde wie das Pferd, wenn ich mit gebrochenen Beinen in der Schlucht läge? Der vielleicht barmherziger war als der Gott des Lichtes?

Wir folgten der Sonne, die hinabsank zum fernen Horizont. Hinter uns kroch die Dämmerung auf den Berg. Wir erreichten den Gipfel und Elims Gesicht glühte auf im Schein der Abendsonne. Alles um uns herum leuchtete und glühte, der Stein brannte rot wie Feuer. Vor uns lag der Abgrund dunkel wie ein See aus Blei, der sich langsam ausbreitete, wuchs, der die Erde vor uns bis zum Horizont bedeckte. Ein Meer, dessen Oberfläche stieg und stieg und dessen Ränder an den Felsen des Berges Azalom schlugen. Das den Berg schließlich umspülte wie eine Insel.

Elim setzte sich und kaute an einem Grashalm, den er in den Falten seiner Kleider gefunden hatte.

"Die Geschichten erzählen von einem Kampf," sagte er. "Aber Ormad kämpft nicht. Er geht freiwillig und jeden Morgen kehrt er zurück. Hier auf diesem Berg, da berühren sie einander nur, er und Arim, jeden Morgen, jeden Abend. Sie umarmen einander, und danach geht jeder seines Weges."

"Aber einmal, so steht es, wollte Arim nicht gehen. Wollte den Kampf..."

"Was Menschen so erfinden. Auch von Arims Ende haben sie geschrieben, ich kenne das." Er spuckte den Grashalm aus.

Im Westen gleißte noch der Horizont, aber wir waren längst im See der Dunkelheit ertrunken. Nur manchmal funkelte etwas an Elim, einer seiner Ringe oder seine Augen.

Ich sitze und schreibe und aus der Geschichte der Götter wird vielleicht die Geschichte Elims. Der Berg, auf dem ich die Vergangenheit und die Zukunft ergründen wollte, hüllt sich in Finsternis. Was ich sehe, sind kleine vertraute Dinge. Hände, die mir im Schein der Taschenlampe getrockneten Schinken und Brot reichen. Was ich höre, ist das Scheppern eines Bechers aus Blech. Wasser gluckste und rann eine Kehle hinunter. Der Mann, der sich neben mir in seinem Schlafsack verkroch, war so wirklich wie sein Geruch nach trockenen

Kräutern und Schweiß. Wie sein ruhiges Atmen, das seinen Schlaf begleitete. Als ich zu den Sternen starrte, die sich zu Abertausenden über uns bewegten, die sich verschoben, aus dem Gefüge zu geraten drohten, da und dort aufblinkten, erloschen, woanders aufblinkten, da erwachte er und murmelte: "Mitternacht." Ich Schreiberling fragte, woher er das wisse, und darauf schlaftrunken er: vom leuchtenden Ziffernblatt seiner Uhr.

Vor Sonnenaufgang weckte er mich.

"Hast du gewusst, dass zu jeder Sekunde irgendwo Mitternacht ist?" Er lachte. "Und dass zu jeder Sekunde irgendwo Ormad und Arim einander umarmen? Oder Ormad Arim erschlägt, wenn dir das besser gefällt..."

Er stand ganz nahe am Abgrund, so nahe, dass mir schon davon schwindelte, ihn dort stehen zu sehen. Nur stehen. Das Gewehr lag abseits bei seinen Sachen. Er blickte hinunter in das dunkle Meer, das sich jetzt zurückzog. Er schaute Arim nach, wie er langsam abstieg, sich an die Felswand schmiegte, sanft über den Schorf des Berges glitt, Klippe um Klippe, Vorsprung um Vorsprung, jeden Grat berührend und loslassend. Wie Arim sich in den Ritzen und Höhlen verkroch, wie er gleich scheuem Getier den Schutz der Felsen suchte. Wie er schließlich da unten in den Spalten der Wüste versickerte, versank.

"He!"

Ich spürte Elims Hand und erschrak. Er hielt mich fest, zog mich zurück, schaute mir ins Gesicht. Ich muckte auf.

"Du irrst dich, wenn du glaubst, dass 'Erschlagen' mir besser gefällt als 'Umarmen'. Ich hasse diese Geschichten. Deshalb bin ich gekommen, ich wollte sie erforschen, sie zerpflücken, sie widerlegen."

"Indem du Arim da hinunter nachfolgst?" Er lachte und versetzte mir einen leichten Stoß, sodass ich auf die sichere Seite des Berges taumelte. "Glaub mir, du würdest es nicht überleben."

Er sagte dann, es sei an der Zeit aufzubrechen, wenn wir in drei Tagen wieder in der Stadt sein wollten. Wenn ich nicht wolle, dass man nach uns suche. Es hätte schon Verrückte gegeben, die versucht hätten, alleine zurechtzukommen.

Als wir vor dem Hotel eintrafen, blieb er im Sattel, beugte sich zu mir herunter und streckte mir die offene Hand entgegen.

"Dreihundert Dollar."

Das war viel weniger, als ich erwartet hatte. Er stieg nicht einmal ab, als ich ihm das Geld gab.

"Und für das tote Pferd?"

Er gab seinem die Sporen, dass es tänzelte, dass es sich im Kreis drehte, sich aufbäumte. Das Zaumzeug klirrte und die Hufe schlugen hart gegen den Boden.

"Schreib eine Geschichte über das Pferd. Vielleicht kommt dann einer und sucht die Gebeine, um zu beweisen, dass es Flügel hatte."

Er ritt aus der Stadt und ich Schreiberling sah ihn nie wieder.

Lara

Als wir im letzten Jahr nach Lamberg übersiedelten, wussten wir noch nichts über die Hochwarters. Unsere Gärten sind zwar durch eine zwei Meter hohe Mauer voneinander getrennt, aber vom Fenster meines Arbeitszimmers aus kann man ein Stück der Hochwarterschen Terrasse sehen, und zwar gerade jenen kleinen, aber wichtigen Ausschnitt, auf dem bei schönem Wetter tagtäglich Armlehne an Armlehne die beiden Liegestühle standen.

An jenem Tag, als ich sie das erste Mal bemerkte, arbeitete ich an einer Kurzgeschichte, die von einem Mord handeln sollte. Ich liebe Mord, allerdings war noch keiner meiner Morde auf 80 Zeilen unterzubringen gewesen. Ich kritzelte eine Leiche in mein Notizheft und dachte nach. Als ich mir einen Apfel aus der Küche holen wollte, fiel mein Blick durchs Fenster. Da unten war Hochwarter, ein dürrer, weißhaariger Herr, gerade dabei, die beiden Liegestühle aufzustellen, genau parallel zueinander – und parallel zu den einfallenden Strahlen der Frühjahrssonne. Ich wartete, bis er heraufblickte, und winkte ihm zu, und er winkte zurück. Er rückte dann den Gartentisch an die beiden Liegestühle heran, brachte zwei Tassen, zwei Zeitungen, eine Kanne Kaffee und kümmerte sich nicht weiter um mich. Als ich mit dem Apfel in der Hand wieder am Fenster vorbei meinem

Mord entgegen schlich, sah ich ihn im rechten der beiden Liegestühle sitzen, die Zeitung über den Knien ausgebreitet, die Hand an der halbausgetrunkenen Tasse. Die Zeitung seiner Frau lag aufgeschlagen auf dem Tisch, auch in der Tasse seiner Frau stand noch ein Rest Kaffee.

Ich hatte keinen guten Tag fürs Schreiben. Bloß in der gekritzelten Leiche steckte ein Messer.

Als ich zu Mittag wieder einen Blick aus dem Fenster riskierte, kam Herr Hochwarter gerade in meinen Terrassenausschnitt geschlurft, verrückte die beiden Liegestühle ein wenig, sodass sie wieder parallel zur Sonne standen. Er schob auch den Tisch in die richtige Lage und brachte für seine Frau den Korb mit der Strickerei.

"Oder willst du nicht in der Sonne sitzen, Lara?"

Frau Hochwarters Strickerei wuchs von Tag zu Tag, ich hatte längst den Termin für meinen Mord verpasst. Ich kam dahinter, dass Herr Hochwarter alle zwei Stunden die Liegestühle nach der Sonne ausrichtete, auch dann, wenn er für Frau Hochwarter den Sonnenschirm aufspannte.

Eines Tages begegnete ich Herrn Hochwarter im Supermarkt. Er legte neben einigen Nahrungsmitteln auch Lockenwickler, Lippenstift und Nagellack in den Einkaufswagen. Er sagte, er hätte mich und meinen Mann gerne einmal zum Kaffee eingeladen, aber seine Frau sei schwer krank.

"Bist du sicher, dass er dass Zeug für seine Frau einkauft? Wir haben Frau Hochwarter ja noch nie gesehen", sagte mein Mann, als ich mich hinter den Schreibtisch klemmen wollte, um meine Leiche für den verlängerten Abgabetermin zurecht zu machen. Ich starrte aus dem Fenster. Hochwarter stand neben seinem Liegestuhl und hielt die Strickerei, die sich zu einem gut zwei Meter langen Schal entwickelt hatte, in die Höhe.

"Du kannst aufhören, Lara. Er ist lang genug."

Er legte den Schal in den Korb, richtete die beiden Liegestühle wieder sorgfältig nach der Sonne aus und ließ sich im rechten nieder, ohne dass Lara in meinem Terrassenausschnitt erschien.

"Hochwarter hat seine Frau umgebracht", sagte ich zu meinem Mann, machte aus der bisher männlichen Leiche eine weibliche, radierte das Messer aus und ließ sie vom einem Schal erdrosselt sein. Ich wusste auch, dass für den alten Mann Lara noch am Leben war, dass er sie aufopfernd umsorgte und pflegte, dass er ihr jeden Wunsch von den Augen ablas. Ebenso lebte Lara noch für die ganze Nachbarschaft, sie bekam Briefe, sie hörte Beethoven, während ihr Mann Besorgungen machte, sie ließ auch öfters durch ihren Mann Selbstgebackenes für die Seniorenjause in der Pfarre verteilen. Ob sie auch eine Pension bezog, weiß ich nicht.

Ein paar Tage später rückten die Liegestühle auf der Terrasse nicht mehr der Sonne nach. Sie standen nach Westen gerichtet nebeneinander, Armlehne an Armlehne, Hochwarter hatte sie am Abend nicht weggeklappt wie sonst immer. Das Leinen war vom Regen schwer und knatterte im Wind. Ich schickte meinen Mann. Er sträubte sich. Er hatte Angst, eine mit Lockenwicklern geschmückten Leiche zu finden, mit gepudertem Gesicht und hochsteigenden, roten Fäden überm Mund.

Der Anblick blieb ihm erspart. Die Bestattung holte Hochwarter ab, nachdem die Polizei den Schal abgeschnitten hatte.

Ich glaube immer noch an Mord.

Game over

Seine flache, gezeichnete Welt hatte sich zu einer Kugel gekrümmt. Das Taxi rollte durch die letzte Kurve vorm Bahnhof und Henri klammerte mich an den Rand der Sitzpolsterung, um nicht von der Kugel abzustürzen.

Abfahrt dreiundzwanzig Uhr dreißig, er hatte noch Zeit. Er beugte sich zur Sprechöffnung des Fahrkartenschalters.

„Nach München. Einen Fensterplatz bitte." Henri würde hinausschauen in die Nacht und das eigene Gesicht sehen.

Noch drei Stunden bis zur Abfahrt. Er ging den kurzen Weg zum Hotel. In einer Ecke hinterm Windfang klingelte ein Flipper.

„Bonjour. Mein Name ist Bresson."

Die Dame in der Rezeption lächelte und blickte auf ihren Bildschirm. „Monsieur Michel Bresson. Zimmer mit Bad, ohne Frühstück. Wissen Sie schon, wie lange Sie bleiben?"

„Ich zahle die Woche im Voraus", sagte er und blätterte vier Hunderter hin.

Im Zimmer legte er sich aufs Bett und schloss die Augen. Warum konnte ich die Erinnerung nicht wegschalten wie einen Fernseher?

Er grub den DVD-Player aus seiner Reisetasche und schaltete ihn ein. Er sah das Video nicht zum ersten Mal, und mehr noch als heute früh brannte saurer Geschmack in seiner Kehle.

Die Frau auf dem Bildschirm stand aufrecht, aber anders als früher versuchte sie sich zu wehren. Das Modell des Zeichners war widerspenstig geworden. Der Mann schob sich ins Blickfeld, rückte einen Scheinwerfer zurecht und schlug die Frau ins Gesicht. In einem Glas löste er Schlaftabletten auf und flößte ihr das Gesöff ein, damit sie sich beruhigte. Damit er Zeit gewann.

Auf eine Versandtasche schrieb Henri Smutnys Namen und Adresse und steckte die DVD hinein. Erst vor zwei Tagen hatte er diesen Studenten ausfindig gemacht. Smutny wollte die Frau haben, also sollte er sie kriegen, sogar verpackt. Er würde das Mann auf dem Video erkennen und die Polizei rufen. Vielleicht würde er auch vor Schreck in die Hosen machen.

Im Bahnhof warf Henri das Päckchen in einen Postkasten. Er stieg in den Zug, verstaute Mantel und Reisetasche über dem reservierten Platz und schaute dem Zug nach, während er den Bahnhof verließ. Das Video schaukelte in einem Postauto Richtung Smutny und Henris Spur würde sich irgendwo vor München verlieren.

Am nächsten Tag erwachte er um zwei Uhr aus seinem Tablettenschlaf. An der Rezeption schlug er die Zeitungen auf und überflog die Überschriften. Vielleicht hatte ein Nachbar inzwischen die Polizei alarmiert, vielleicht brachen sie soeben die Tür auf und schoben die Frau in einen Krankenwagen. Aber noch konnte darüber nichts in den Zeitungen stehen.

Er hatte Hunger. Er schluckte den Geschmack nach sauer gewordener Milch hinunter und ging zum Bahnhof, um sich ein Sandwich zu kaufen. Am Imbiss-Stand ratterten Koffer vorbei und aus diesen Geräuschen tauchte wieder die Frau vor ihm auf. Ihr Körper krachte gegen die Wand hinterm Podium, aus ihrer Nase sickerte Blut.

Er warf das halbe Sandwich in den Abfallkorb. Auf dem Bahnhofsklo wusch er sich das Gesicht und schlürfte kaltes Wasser.

„Ist Ihnen schlecht?" fragte die Klofrau.

Mit einem Papiertuch rieb er sich das Gesicht ab. Er gab der Klofrau einen Euro und ging ins Hotel zurück.

Der Junge am Flipper zog den Starter. Die Stahlkugel tobte über das Brett, schlug gegen die Klingeln, sauste abwärts. Mit den Fäusten schlug der Bursche gegen die Knöpfe; verhindern konnte er den Absturz in den Trichter nicht.

Henri spülte seine vorletzte Tablette hinunter, um den Rest des Tags verschlafen zu können.

Am Abend kaufte er sich die frisch gedruckten Zeitungen und setzte sich in den Nachtzug nach München. Diesmal wirklich.

Das Foto war gut zehn Jahre alt, und die Überschrift nannte Henri D. einen brutalen Sadisten, ein Monster. Aber er kannte ihn von früher. Sein Leben lang erfand er Geschichten und Träume. Manchmal Alpträume. Nichts davon wahr, nichts endgültig. Immer wollte er vor den Vorhang treten können mit den Worten: „Alles nur Spiel, alles Theater." Die Szene auf der DVD war nur gestellt, er brauchte sie für seine Arbeit. Er zeichnete seine Comics nach solchen Szenen. Nur für diesen Zweck hatte ich sie gefilmt.

Die Zeitungen übertrieben. Auch dass er sie mit einem Studenten im Bett überrascht hatte, war eine Erfindung. In Wahrheit hatte er die beiden unter der Dusche im Fitness-Studio erwischt.

Die Polizei tappte im Dunkeln und bat um Hinweise.

Das Monster saß im Zug und war auf der Flucht. Wie er.

Knapp vor Salzburg verließ er das Abteil, klemmte ein Stück Karton in die Türschiene und schob mit einem Ruck die Tür hinter sich zu. Als säße das Monster da drinnen und Henri müsse verhindern, dass es ihm folgt.

Es war halb zwei, als Henri vorm Haus eines Freundes ankam, und hinter den Fenstern war es dunkel. Er kletterte über den Zaun und schlich zur Hintertür der Garage. Sie war nicht versperrt. Die letzte Tablette schluckte ich trocken hinunter.

Als er aufwachte, lag er zwischen gestapelten Autoreifen und an der Betondecke scharrte das Garagentor hoch. Über ihm stand Jack. Er zog Henri hinter den Reifen hervor, schleppte ihn ins Wohnzimmer und setzte ihn aufs Sofa. Henri zitterte, seine Zähne schlugen aufeinander.

„Henri! Was ist geschehen?!" Jacks Frau. Sie hängte ihm eine Decke um die Schultern.

Henri nestelte den Zeitungsbericht aus seiner Jacke. Er reichte ihn Jack und zog die Decke vor seiner Brust zusammen.

Auf einem Tablett brachte Herta Tee und frische Semmeln. Daneben auch die Morgenzeitung.

„Du brauchst einen Anwalt", sagte Jack, während er den Bericht wieder zusammenfaltete.

„Ist das wichtig?"

Herta goss Tee in die Tasse. „Er könnte sofort in Erfahrung bringen, wie es Valentina geht."

„Hat mich das zu interessieren?"

„Schluss mit dem Theater!" Sie knallte die Teekanne aufs Tablett. „Valentina hätte tot sein können!"

Henri wärmte seine Hände an der Tasse und wartete, bis ihm der Tee nicht mehr die Lippen verbrühte. Im Tee zerfiel langsam der Zucker.

Theater.

Er bat Jack, nicht die Polizei zu verständigen. „Ich wollte nur Zeit gewinnen, mich nur zurechtfinden. Lass mich alleine zurückfahren, Jack."

Herta packte ihm ein Stück Apfelkuchen ein und Jack nahm ihn im Auto mit bis zum Bahnhof. Henri fuhr nach Wien zurück, ohne dass ihn jemand ansprach. Die Dame im Hotel bemerkte wahrscheinlich nur, dass er unrasiert zurückkam. Er legte sich aufs Bett und rollte sich zusammen, um die Kälte abzuwehren.

Draußen war es noch hell, und auf dem Tisch duftete Hertas Apfelkuchen.

Er griff zum Telefon und wählte die Nummer, die in der Zeitung stand. Es hob sofort jemand ab.

„Mein Name ist Henri Devolier, Hotel Weigl, Felberstraße."

Er legte Trinkgeld für das Stubenmädchen auf den Tisch und ging hinunter zur Rezeption. Den Apfelkuchen stellte er aufs Pult.

„Für Sie, falls Sie Kuchen mögen", sagte er. „Ich werde zum Abendessen abgeholt."

Er stellte sich an den Flipper, warf eine Münze ein und spielte. Jedes Mal stürzte die Kugel in den Abgrund.

Die Tänzer

Einen Augenblick lang tauchten die Scheinwerfer die Bühne in gleißendes Licht. In dieser Sekunde erkannte Miriam die Fäden, die sich vom Schnürboden herab spannten und wie die Saiten einer Harfe vibrierten. Dann erloschen die Lichter bis auf die Verfolger. Nur Miriam und ihre drei Partner wirbelten wieder durch den dunklen Raum. Sie kannten die Schritte, die Sprünge, sie hatten sie hundertmal geprobt.

Die Fäden! Spinnfäden oder feste Schnüre?

Während die Musik vorwärts peitschte und Tänzer wie Automaten ihre Bewegungen abspulten, blitzten über ihren Köpfen manchmal die Fäden wieder auf – wenn die Lichtkegel der Verfolger sie streiften. Miriam durfte nicht innehalten. Jeder Schritt war geplant, jeden Bewegung einstudiert, jedes Wenden des Kopfes, jedes Atmen. Das Rauschen der Musik schwemmte alles mit sich.

Doch die Schnüre da oben?

Ob Lou und die anderen beiden sie auch bemerkt hatten?

Sie warf sich Lou in die Arme, er stemmte sie hoch, wirbelte herum, drehte Pirouetten mit ihr. Ließ sie abwärts gleiten, bis Freds Hände sie fingen. Fred zwinkerte ihr zu. Sie schwang sich über seinen Arm, fasste seinen Nacken. Er warf ihren Körper herum. Sie stieß sich vom

Boden ab, schraubte sich höher und höher, flog – von seinen Armen getragen – durch die Finsternis. Paolo holte sie zurück auf die Bretter. Paolo, der Stepper. Seine Füße stampften, das Holz dröhnte im Rhythmus. Atempause für Miriam. Sie räkelte sich an seinem Rücken hoch, legte den Nacken auf seine Schulter, blickte auf zum Schnürboden.

Die Seile blitzten auf.

Seile?

Sie entsprangen irgendwo im Schnürboden, zuckten im Takt der Musik durch die Dunkelheit. Sie endeten an den Handgelenken der Tänzer. Wie Marionetten hüpften die Männer herum... Einen Augenblick lang zögerte Miriam.

Die Musik stockte, auch die Männer zögerten. Ein Ruck lief durch ihre Körper. Was war los? Miriam unterbrach die nächste Bewegung, ihre Glieder erstarrten. Das hatten sie nie geprobt. Stille legte sich über die Bühne, kroch durchs ganze Opernhaus. Kein Zwischenruf der Regie, kein Mucks aus dem Publikum. Nicht als ein einzelner Verfolger, der langsam seinen Lichtkegel kreisen ließ. Doch auch der helle Kreis auf dem Boden hielt inne. Metall blitzte auf.

Miriam glaubte sich in einem Traum.

Im Kreis lag ein Messer.

Während aus dem Orchester zaghaftes Summen erklang, sich in leise Töne verwandelte, die schließlich wie Nieselregen niedersanken und die Bühne benetzten, da wusste Miriam, was sie zu tun hatte. Sie näherte sich dem Kreis und bückte sich. Die Tänzer traten näher, auch sie schienen jetzt ihre Schritte zu kennen. Mit ausgestreckten Armen zeigten sie auf den Kreis, auf Miriam, auf das Messer. Ein Tusch ertönte, Miriam sprang auf. Das Messer in ihrer Hand sauste durch die Luft, traf auf die erste Schnur. Lou taumelte. Als das Messer die zweite Schnur durchschnitt, stürzte er krachend zu Boden. Der nächste und der übernächste Schnitt trafen Fred. Er wirbelte herum, schlug einen Salto, ehe er klappernd in sich zusammensank. Miriam suchte Paolo, den Stepper. Der Mann, an den sie sich lehnen konnte. Ihre Blicke trafen sich, seine Geste versprach Frieden.

Das Messer zog seine Bahnen durch die Luft, traf die Schnüre über seinen Händen, kappte sie. Einen Moment lang stand er still. Miriam warf sich in seine Arme, aber auch er sackte in sich zusammen. Sie stürzte mit ihm.

Miriam erhob sich. Sie stieg über die hölzernen Glieder ihrer Tänzer und trat nach vorne in den Lichtkegel.

Applaus rauschte auf.

Old Nick im Stress

Eine Weihnachtsgeschichte

„Wo ist mein Bart, Albinchen?“

„Wo du ihn heute früh hingehängt hast.“

„Ich meine den weißen.“

„Vielleicht hast du ihn letztes Jahr in der Putzerei vergessen, Nick.“

„Du hast ihn ja hingetragen.“

„Was gehen mich deine falschen Bärte an!? Lass dir doch einen echten wachsen.“

„Du weißt genau, meiner ist rot.“

„Färben. Bleichen.“

„Albinchen, wie stellst du dir das vor? Bis fünften Dezember ein schwarzer Spitzbart, ab sechsten ein weißer Vollbart? Sag mir lieber, wo dieser mistige Rauschebart ist.“

„Ich mag dich aber ohne. Du siehst ohne Bart viel jünger aus. Richtig schnuckelig. Vergiss diese blöden Verkleidungen.“

„Niiicht! Ich hab jetzt keine Zeit, Albinchen. Hör auf, du kitzelst mich!“

„Dann lass dir wenigsten beim Umkleiden helfen, Nicki. Hast du schon frische Wäsche an?

„Gib Ruh, Albinchen. Ja, ich hab frische Wäsche an. Und lass die Finger von meinen ... autsch!“

„Hast du Probleme?“

„Ja, ich habe Probleme. Aber wenn du nicht sofort aufhörst, meinen ... autsch! ... dann wirst auch du gleich Probleme haben.“

Nick Schwarzalb rieb sich die Hüfte, wo der Gummi seines Slips hingeschnalzt war. Mit der anderen Hand versuchte er, sich Albinchen vom Leib zu halten.

„Also gut. Du bist im Stress und willst, dass es so weitergeht.“

„Nein, das will ich nicht. Das ist ja mein Problem. Ich will diese Maskerade nicht mehr mitmachen, aber wer zahlt dann unsere Stromrechnungen?“

„Als wir vor Jahrhunderten geheiratet haben, brauchten wir keinen Strom.“

„Und das Internet und das Fernsehen?“

„Haben wir alles nicht gebraucht.“

„Aus dem Internet wissen die Leute, dass wir nie für Kobalt und Nickel im Erz verantwortlich waren. Kobolde und Nixen sind unsere nächsten Verwandten und wir hätten weniger üble Nachrede gehabt. Sippenhaftung! Ein Grund mehr, dass ich mich jetzt als Weihnachtsmann einsetze.“

„Och, Old Nick, es macht dir doch Spaß, dass sie dich in Amerika für den Weihnachtsmann und in England für den Teufel halten.“

„Komm, komm, Albinchen, wo ist der Bart?“

„In Wahrheit bist du doch nur ein Schwarzalb. Aber ein hübscher.“

„Hast du ihn vielleicht im Wäschekasten gesehen?“

„Ich hab ihn versteckt.“

„Albinchen, ich hab wirklich keine Zeit für deine Scherze. Wo ist er?"

„Dort wo ich auch den Bauch versteckt habe."

„Du hast waaas?!"

„Auch den Bauch versteckt. Ich will nicht, dass du so lächerlich herumläufst. Mir ist egal, wie die Lichtalben herumschwirren, meinetwegen wie dieser schwammige John Travolta als Michael, aber deine lächerliche Verkleidung finde ich einfach grässlich. Außerdem hast du vorhin gesagt, du willst diese Maskerade sowieso nicht mehr mitmachen."

„Aber ich muss. Es gibt Verträge, die Schlitten- und Rentierverleiher warten schon, außerdem hab ich nur Pensionsanspruch, wenn ich weitermache. Verstehst du das nicht? Auch deine Zukunft hängt davon ab."

„Also gut. Du bekommst den Bauch und den Bart, aber nur unter einer Bedingung. Der Bart ist übrigens mit Schokolade beschmiert und die Flecken sind beim Putzen nicht rausgegangen."

„Und wo ist er?"

„Zuerst die Bedingung."

„Ist dir klar, dass du mich erpresst, Albinchen?"

„Ich hab gar keine Gewissensbisse dabei."

„Also sag schon, was du willst. Ich verspreche es zu tun."

„Nicht versprechen, lieber Nicki. Sofort durchführen."

„Okay, du hast gewonnen. Was soll ich tun?"

„Schreib eine E-Mail, in der du dich beschwerst und Hilfe anforderst. Schreib einfach, du hältst den Stress nicht mehr aus."

„Na ja, also, so ist es ja auch wieder nicht. Den Stress halte ich schon noch aus."

„Keinen Rückzieher jetzt. Wenn du den Bart und den Bauch nicht findest, wird der Stress von Tag zu Tag größer, von Stunde zu Stunde. In zwei Wochen liegst du auf der Nase und statt Sonnwendfeier gibt's Eisbeutel und Wärmeflasche."

„Und wer sollte sich für meine Beschwerden interessieren?"

„Das Christkind, mein Lieber. Hast du nicht vorhin etwas von Vertragspartnern gesagt? Schreib einen Brief ans Christkind! Soll manchmal Wunder wirken."

Nick Schwarzalb seufzte und setzte sich an den Computer. Albinchen entschwand ins Schlafzimmer.

Eigentlich hatte seine Frau ja Recht. Er schrieb also eine Mail ans Christkind, beschwerte sich über die unbezahlte Cola-Werbung und über die Doppelrolle, die er zu spielen hatte, im November ein Schreckgespenst und im Dezember einen Wohltäter. Er hasse aufgeklebte Bärte, und er sei nicht nur gestresst sondern auch bald total konfus. Er wollte sich auch noch über Albinchens üble Scherze beklagen, unterließ es aber. Sie würde die Mail ja lesen.

Schon nach wenigen Minuten kam die Antwort.

„Lieber Nick, ich verstehe deinen Kummer, aber was soll ich sagen?! Jedes Jahr zuerst Einschrumpfen auf Kindergröße fünf, dann Einkleiden in ein Spitzen-

nachthemdchen, auf den glattrasierten Kopf eine Silber-
haarperücke mit aufmontiertem Reifen aus Goldblech,
und das war's dann auch. Keine warmen Stiefel, keine
Socken, keine Skiunterwäsche, kein wärmender falscher
Bauch, keine Winterhosen, keine Jacke mit Pelz, keine
warme Mütze, nicht einmal ein Bart, der meinen Hals
vorm Gegenwind schützen würde. Auch kein Schlitten
mit einer Decke, geschweige denn ein Jeep Cherokee,
nein, ich muss fliegen, und das nicht einmal Touristen-
klasse. Ich gebe zu, die Lichtalben unterstützen mich,
aber das Gezeter jedes Mal solltest du hören. Hast du
einmal einen der Burschen gefragt, ob er die lausigen
Flügel lieber an den Schulterblättern festgeschraubt oder
mit Superkleber auf die nackte Haut gepickt haben will?
Das ist mein Weihnachtsalltag, lieber Nick. Möchtest du
tauschen? Aber was tut man nicht alles einer Frau zulie-
be? Ja, du liest richtig. Cherchez la femme! Dan Brown
hat enthüllt, was die ganze Zeit frei sichtbar war, und wir
können es nicht länger verleugnen. Daher mein Rat unter
Freunden: Albinchen sollte deine Arbeit nicht sabotieren, sondern dich ganz offiziell dabei unterstützen. Du
musst sie nur bei der Versicherung anmelden. Wenn du
deine Doppelrolle nicht magst, könnte sie doch den Part
des Weihnachtsmanns übernehmen. Oder ihr beide spielt
eben beides. Setz deine Zipfelhaube über die Hörner auf
und lass den Teufelsschwanz unter der Jacke hervor-
schauen. Früher oder später kommt sowieso die Wahrheit ans Licht.

Ganz liebe Grüße von Magda, die gerade begonnen
hat, mein grässliches Schrumpfbad vorzubereiten, und

dabei wieder einmal durch einen Anruf gestört wird, wahrscheinlich eine ihrer Freundinnen. Ich hoffe, sie wird rechtzeitig fertig. Fröhliche Weihnachten! Dein Jess im Stress."

Nick las die Mail zweimal, ehe er sich zurücklehnte und den Kopf schüttelte. Sollte er lachen oder weinen? Er entschloss sich für das hämische Grinsen, das er für den englischen teuflischen Old Nick einstudiert hatte. Er druckte schließlich den Brief aus, um ihn Albinchen vorzulegen. Helfen sollte sie, nicht sabotieren! Ha ha, jetzt war sie selbst schuld, wenn sie mitarbeiten musste.

„Tschü-hü-üss!" Sie legte gerade das Handy weg, als er mit Jess' E-Mail ins Schlafzimmer trat.

„Du kannst inzwischen mit dem Bauch und dem Bart herausrücken, meine Liebe. Ich habe deine Bedingung erfüllt."

„So?"

„Hier ist die Antwort."

„So?"

„Was so? Hast du nicht gehört, ich brauche den Bauch ..."

Das Handy läutete, Albinchen hob es wieder ans Ohr und hauchte: „Hallo?" Dann reichte sie Nick das Ding. „Für dich."

Auch das noch, dachte Nick, und riss es ihr aus der Hand.

„Ja, hier der Weihnachtsm... äh ... Nick Schwarzalb. – Was? Wer? – Oh, Jess! Das ist aber eine Überraschung!" Nick ließ sich langsam aufs Bett sinken. Während Albinchen zu seinen Füßen ein riesiges aufquellendes Ding aus der Bettzeuglade hervorzog, lauschte er den Worten aus dem Äther.

„Ja, Jess, wir haben deine Mail gelesen. Danke. Ich hab natürlich nicht daran gedacht, dass dein Stress noch viel größer ... Aber Albinchen hat wenigstens eingesehen, dass sie mir helfen muss. Sie holt gerade meinen ...

Was? Wieso? Warum hätten wir es nicht lesen sollen? ... Nein, nein, du hast ja allen Grund dich zu beklagen. Viel mehr als ich, ich versteh das schon. ... Vergessen? Warum? ... Magda? Was für einen Vorschlag? ... Albinchen? Nein, Albinchen schüttelt gerade meinen Bauch auf, der ist das ganze Jahr unterm Bett gelegen.

Magdas Idee? Aber natürlich können wir uns wieder einmal treffen und ausgiebig feiern. Ja, drei Tage lang, oder auch ein ganze Woche! Albinchen nickt gerade. Sie freut sich schon ... Sonnwendfeier am Zweiundzwanzigsten? Du meinst Juni ... Ich verstehe dich nicht, Jess. Dezember??? ... Dezember! Aber Jessie, das geht doch nicht! Da haben wir doch keine Zeit!

Was sagst du, Magda weigert sich? Wieso? ... Sie will dich nicht mehr einschrumpfen? Ist sie verrückt, Mann?! Ich meine, du kannst ja nicht als Eins-Achtzig-Riegel ... Albinchen, was machst du da? ... Entschuldige, Jess, aber bei uns fliegen Federn herum. ... Albinchen! ... Tut mir Leid, Jess, aber Albinchen bohrt ihre Finger in meinem Bauch. Albinchen, hör auf!!! ... Nein, in den falschen Bauch. Die Gänsefedern, sie schüttelt die Gänsefedern heraus! ... Ja, wie Frau Holle ... oh, Jessie, mein schöner dicker Bauch! Sie macht alles kaputt ... weiße Weihnachten? Was soll der Scherz, Jess?

Was? Boykottieren? Weihnachten ohne uns?! Hast du jetzt ganz den Verstand verloren, Jess? ... Wer? Ich? Jetzt sag bitte nur noch, ich hätte damit angefangen. ... Nein, aber ich habe mich immer bemüht. Und ich bin auch gewillt weiterzumachen, ehrlich.

Was? Was hat sie gesagt? Das fällt niemandem auf? ... Hat sie das ernst gemeint? ... Und du, was meinst du dazu? So ganz ohne uns? ... Da hast du auch wieder Recht. Ja also keine schlechte Idee, das mit dem Ausprobieren. ... Nein, nein, da bin ich ganz deiner Meinung, es gibt schon so viele ... und Christkindln auch. ... Und du meinst wirklich ohne Verkleidung?

Oh Jess, das würde mich freuen. Und Albinchen auch. Sie wälzt sich gerade in den Federn und schickt dir Küsschen. ... Also abgemacht! Bis zum zweiundzwanzigsten Dezember. Ihr beide kommt vorbei, und dann – inkognito ab in den Süden! Jess, du bist ein wahres Christkind.“

Bildermord

Neuerscheinung 2015, auch als eBook
Ein Künstler-Krimi, der sich wohltuend von gängigen
Schema-Krimis abhebt.

Auch Mord ist (k)eine Kunst

Erschienen im Stories&Friends-Verlag, 2014
Enthält drei Kurzkrimis, darunter „Bilderleiche", ein
saloppes Nebenprodukt zu „Bildermord"

Die Hände des Doktor Kinich
Sechs unheimliche Geschichten
Dazu schrieb Edwin Baumgartner (Wiener Zeitung):
Die Geschichten sind schlackenlose Meisterwerke des Unheimlichen und Bizarren. Fabelhaft geschrieben sind sie obendrein! Wer, gleich mir, das Genre liebt, wird nachgerade begeistert sein!"

 Zurzeit arbeitet die Autorin an einem Psycho-Thriller mit dem Arbeitstitel
„Die Masken des Luc Diabelli"

Besuchen Sie die Autorin auf ihrer Homepage
http://www.ingrid-j-poljak.com

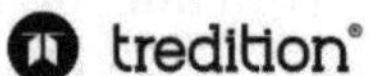